かけがえのない一刻

金子智詩集

土曜美術社出版販売

詩集

かけがえのない一刻＊目次

詩集

かけがえのない一刻

I

父の怪我

腰が前年来かすかに左にかしいでいる
精も切れるようになっている

ぼくが少年だったころ
稲作暦を作り　地元の有線放送で
内容を放送した理論家だった

その父がくろつけ[*1]をやらない
除草剤を撒かない

稲刈りできないほど雑草がはびこった
コンバイン[*2]で稲刈りするとき
大きくなった雑草が
からみつかないよう
一人で草刈りに出かけた
気づかぬうち　体力を消耗し
草を刈るつもりで

鎌で足首の上を深くえぐった

家に帰っても痛かったと言わない
わりに平然としていた
それどころか　別の話を持ち出した
「田んぼに落ちていた釘で足を踏み抜いたとき

赤チンだけで治してしまった」
赤チンだけで治療していた
やがて化膿しだした

病院に行くと即刻
長期入院加療を命ぜられた

＊1　除草剤を効かせるため、水田のまわりの畦に水がもらないよう鍬で土をつけ固める作業。
＊2　稲の刈り取りと脱穀を同時に行う機械。

献身

釘で足を踏み抜いたとき
医者に行かないで治った
その十数年前まで
地元の消防団員だった
火事場に入っても大丈夫なよう
破傷風の予防注射を　うけていた
それが何となく効いていたからかもしれない
今回は　時間が経ちすぎ
効いていなかった

病院へ車で送る途中
おやじはこう語るのだった

脛《すね》の下の方　踝《くるぶし》近く
草刈りのとき　鎌で切った傷が
化膿し　腫れている
入院は　二週間
確実に治すため
お医者様から命じられた期間だった
その間　点滴をうけ
抗生剤を投与された

痛みが　和らぐよう
ベッドの上で足の部分は

低い台の上に載せていた
その台は
看護師さんが
足を保護するため　工夫し
よなべをしてまで
編んでくれていたのだった

最後の稲刈り

アキアカネが飛び交い
稲穂は黄金色に輝き
深まりゆく秋の光が
辺りを包んでいた

台風到来前の
稲の収穫期を逃し
怪我の回復を待っていた
度かさなる台風で稲が倒れている

コンバインでは
刈り取れない
病院から戻ってきた父は
脱穀機部分のみ作動させ
草混じりの
手刈りの稲を脱穀する
袋に三十キロまで籾《もみ》が入る度
従弟とぼくで
畦までかつぎだす

「お茶休みにでもすべじゃねえか」声がする
畦道に足を投げ出し
母が持たせてくれたお菓子を頬張る

生きている限りは自分たちで作った米を
子供たちに食わせるんだと言っていた父母

これが力の限界だった
それだけに　このまどいは
かけがえのない一刻だった

古沼の残響

台地から水が湧き　小川となり
原市沼と合流して流れる綾瀬川

鞭の先のように身をくねらせ蛇行した
天が怒って大雨を降らせると氾濫し
川原の低湿地を形成した
深い所では谷をつくり
水が押し寄せた先で火山灰の赤土を浸食し
流れ寄せた泥土と境界を接した

曽祖父の頃だろうか
低湿地の水田で稲作の効率化のため
曲がりくねった畦道が整備され
川が真っ直ぐに改修されたのは

川筋にはかつての堰《せき》のところで
三日月形の沼が残され
漁師が網を投げていた
柳の下で釣り糸を垂れ
かすかな風にゆれる水面と
刻々と変化する木立の影
それに水面に反射する木漏れ日に
うっとり目を細めている太公望もいた

今　沼は駐車場や遊水池となっている
ただ　昔の川筋に残された一条の溝と
際に生えている一本の太い木がある
目をつむって
水がたたえられていたときの面影を追う

木はかつて根で川の水を吸い上げ
たおやかな風を受けていたと思う

南房総への旅

暗いうち　大宮を出発すると
草加で夜が白む
地図をたよりに　柴又の近くをぬけ
まぶしい内房の　海岸線をひた走る
正午近く　鋸山《のこぎりやま》のふもとにさしかかる
藍色の海
砕ける波
旋回する鳶《とんび》
フェニックスの街路樹をぬけると

半島最南端の白浜だった

父は内地へとハンドルを切り
山懐に抱かれた一軒家を見つけた
小学校高学年だったぼくは
軽トラから降りると
湿潤な風に　身をあずけ
蜂の入った箱を　一輪車にのせ
牛舎の前を通って
日溜りの斜面へと運んだ
父は箱を　南に向け　設置
巣門を開け　蜂が飛び立つと
蜂に向かって
「長旅ご苦労さん」と声をかけた

仕事が終わると
質朴な家主が座敷に通してくれて
絞りたての乳で作った
ドリア風のご飯でもてなしてくれた
父は情報交換して見聞を広めるため訊《き》いた
「生乳は出荷組合にでも出しているんですか」

帰りしな　奥さんから
カラーの株を譲りうけた

半世紀経った今も
蛇口横で
楚楚とした白い花が

何か言いたげに
口をあんぐりあけ
天を仰いでいる

ぼくの食べた飯粒

米に押し麦を混ぜて炊いていた
しかも収穫が終わっても
十二月になるまで
新米にきりかえなかった
麦を混ぜないご飯にきりかえた日
おばあちゃんはご飯に醤油をかけ
「うまいやなあ」と言った

先祖の代

米を保管業者に預けておき
値上がりしたとき売ったという
加茂宮《かものみや》にある先祖が出た家では
何年も前にとれた
こなごなになっている米を食べ
基礎を固めたという話だ

幼い日　ぼくが噛みしめたざらざらの飯粒は
干ばつ
大雨
天候不順のため収穫できず
わらしべを握り
天を仰いだ

祖先の霊たちだったのだろうか
そして　なけなしの米を
大地主には借り賃として
支配者には年貢としてさしだした
時代の記憶でもあったのだろうか

納屋

晩秋の小雨まじりの日
田んぼの野焼きに出かけた
燎原《りょうげん》の火のように燃え広がることはない
二人は雨に打たれながらも
ぬくもりの中にいた

おやじは話しはじめた
納屋は　初代のご先祖様が

豆腐作りを始めた場所だが
お前が壊してもいいからな

ぼくは　口ごもって言う
先祖の生活がつまっているから
土の粗壁《あらかべ》の納屋には
現代の農機具の一番奥に
大八車《だいはちぐるま》の車輪がある
むしろ編み機がある
縄綯《な》い機がある
唐箕《とうみ》もある
屋根裏には蚕だながが積んである

納屋は

農業を営んでいない
新世代に向かって目を見開いている

問い質《ただ》されている

「巣門を出入りしている
蜂の様子が　どうも変だ
ほかの群《ぐん》の箱から
蜜を奪いにきているようだ」
父が言った
そのとき　ぼくは初めて
どろぼうをする蜜蜂がいるのを知った
花花が咲いていた時期
花から蜜を集められるのに　なぜ

ハナバチの中
最も進化した社会性昆虫　蜜蜂
8の字ダンスで蜜源のありかを
仲間に知らせる
言葉を知らない
言葉なくして
誰が　どのようにして
悪の雫《しずく》を一滴落としたのだろう
それとも蜜を奪われる方にも
越度《おちど》があったとでもいうのか

弱肉強食の世界
万物の霊長気取りの人類

かつてイングランドは
スコットランドを
オーストリアは
スイスを
日本は
近隣諸国を　食い物にした
その度　戦場となった場所
軍隊に狩り出され
銃弾の前面に立たされた
貧しく虐げられた人人

今　ウクライナでは
ロシアからの爆撃にさらされ
無辜《むこ》の民が家を追われ

命が奪われ
領土が奪われている
男子の多くが
いつ終わるともしれぬ
兵役についている
一方ロシア兵でまっ先に
徴募されたのは
銃弾の盾として
金と嘘で釣り出された
少数民族
あるいは獄中にいた人人だという
誰が子を戦場に送るために生むだろう

侵略の意図を持つ

悪しき指揮官が生まれる土壌
悪の連鎖

ぼくは
無力だろうか
痛い

でも　せめて
訊《き》かれてはいるのだ
自分の影を飛びこえ
ロシア人やウクライナ人に
友達を作る気はあるのかと
さしあたりは難しい
そこで

『イワンのばか』『シェフチェンコ詩集』の扉を開いてみる

Ⅱ

大木

樹齢六百年の大木がある
幹の一つが陥没し
中に土が降りつもり
木の実が落ち
芽を出し
新しい子孫が生まれている

大木とは生きていながらに
嵐に見舞われ　幹が折れても

穿《うが》たれた傷跡におのれの後継者を生み出す
樹勢衰えず　生きている　大欅《けやき》

み沼の風に吹かれて

幼いころ　水田のほとり
三番堰《ぜき》という名の
つま先上がりの畑に連れていかれた
さつま芋の苗を植える春
水田の風に吹かれ
道端の一本から
キイチゴを口に入れてもらう
芋ほりの秋
自転車の荷台で背中を抱き

何度も何度も坂を落ちてゆく
地平線のかなたからやってきた
見知らぬ少年たちと遊んだこともあった

今　風土を表す地名を知らぬ
高圧線の鉄塔と
福音を教える十字架が
住宅地の中に聳《そび》える

やまかき＊1

木漏れ日が
さんのうやま＊2で
作業する人たちをほのかに照らす

おばあちゃんは
鉈《なた》でじゃまな小枝を払う
熊手と竹箒で落ち葉をかき集める
並べた萱《かや》の上に
集めた落ち葉をのせ

おやじが　まるめて縛る
竹かごにも　落ち葉を入れる
共同でやまに入ったほかの家族も
落ち葉を掻き集め　かごに入れては
何度も上から押さえつけ　詰めこむ

ひとしきり作業にいそしんだ後
四歳のおいらを配慮してか
皆の体を冷やさぬためか
太陽が低くなりはじめるまえ
「しまいにすべじゃねえか」
どこからともなく声が上がる

六十年を経て

コナラやクヌギは往時のまま立って
枝枝を高くで交差させている
木木は共同で落ち葉を集めていた人人の
労働の声を
そしてはんてんこを着た小便小僧の
おいらの映像を
記憶にとどめているか

＊1　落ち葉をさつま芋の苗床に入れたり、畑に入れる堆肥作りのための落ち葉集め。なお、やまというのは、標高とは関係なく、さとやまのやまであり、林の意味である。
＊2　「さんのうやま」は固有名詞。

武蔵野断想

湿地縁の雑木林に大学の校舎ができた
かつて遊んだ林
なつかしさのあまり
警備員の目をかいくぐり
屋上に駆けのぼる
地平線のはるか手前には
小さな集落の中にわが家
西に　なだらかな秩父連山
その奥に　富士山を望み

はじめて　ぼくは広い世界を想像した

やがて大人になり　世界に踏み出し
夢をのたうちながら追い求めた
夢はときに　遠ざかり
遠ざかったかと思うと
ささやかに
かなえられ　やってきた

十日夜《とおかんや》

昔はこれで近所の庭を叩いてまわった
とうちゃんは里芋の茎に藁を巻いて棒を作り
弟とぼくにもたせてそう言いました
ふたりはかあちゃん手縫いの
はんてんこを着て
星が降る晩

とおかんやのわらでっぽう

とおかんやのわらでっぽう

畑径に棒を叩きつけ　回りました
近所の家へ行き
ストーン・ストーン
地面に叩きつけました
同級生に貸したら
世にも珍しいものを見たと　面白がって
やはりストーン・ストーン　叩きつけました

その晩　家族みんなでぼたもち　食べました

しっさま[*1]

今日はとうちゃんが獅子頭《ししがしら》をかぶるんだよ

先頭は獅子頭をかぶった男と
天狗の面をかぶった男
その後ろにご供物《くもつ》をもった大人たち
手ぶらの大人たちと子供たちが
やわらかな小径をつづいて練り歩く
ぼくは風景を足裏に
家家と人人の顔を眼裏に

焼き付けていた

玄関は開け放たれ
座敷から出迎えをうける
みどりごは抱きかかえられ
獅子に頭をさし向けられる
獅子が口をパクパクさせる
すると　割れるように泣きさけんだ
一行はお盆の上のおさごと賽銭をうけとり
次の家へと向かった

座敷にまで上がりこんだ若者は
あばれて襖《ふすま》をぶちぬいた

広場でお茶休み
きっぷのいいおばさんがみんなを笑わせた

一行は歩き始めた
ぼくはしっさま[*2]に追いつこうと
駆け上がった
すると　春の淡い光のもと
クスッ　笑い声がもれた

＊1　獅子回しのこと。丸ケ崎の三月十日の行事。一九六〇年代頃の光景。農業従事者が減り勤め人が増えるとともに同じ人が獅子頭をかぶらなくてはならなくなり家家を回らなくなった。
＊2　ここでは獅子頭をかぶった男。

おばあちゃんとの思い出

(一)

きょうはサトシをつれ
米を搗《つ》いてもらいにいってくるよ
おばあちゃんは息子夫婦に告げる

リヤカーに
米俵とおいらをのせ
しばらくつづく畑径をゆく

後ろから押したいと言っても
大丈夫の一点張り
大地をしっかと踏みしめ
休まずすすんだ

線路の前に出た
汽車が見える前に
小高い踏切を越えなければならない
サトシ　降りろ　後ろを押せ
やっときた出番に
ありったけの力で押した
踏切をわたりきると
リヤカーに　また
ひょいと飛び乗った

(二)

踏切を越えると
最後のひと踏ん張り
ようやく　精米所の門をくぐり
リヤカーから降りる

待合室は混んでいた
おばあちゃんは
客との話の切り口をさぐったあと
おいらを飽きさせないよう
線路まで手をひいていく

汽車がゆるやかな弧を描いてやってきた
おばあちゃんは手をふれと言う
ふたりで手をふると
副機関士は　身を乗り出し
手をふってくれた
また汽車がきたら　手をふるんだよ
そう言い残し
順番を取りにもどっていった
一人とりのこされた
おいらの小さな手の動きでは
副機関士には伝わらない
ますます手が上がらなくなる

しばらくして　もどってきた

まだ混んでいるから
もう少し待っているんだよ
そう言い残し　またしてもいってしまった

飽きてきて
あの辺りにいけば　何が見えるだろう
線路づたいに南へいきたいと　何度も思う
いっても　無事にもどれるかわからない
そう思うと　足がすくんだ

どうしようもなくなったころ
やっと　迎えにきてくれた
ほっとして　差し出された
掌を強く握りかえした

(三)

米搗《こめつ》きが終わると
別の道を歩みだした
旧往還に呼び出されたのだ

その昔　馬に牽《ひ》かれた荷車が往来した道
この道には　お目当てもあった
道端に立つ樹齢六百年の
かむなびの大欅《おおけやき》*
それは
威風堂堂の大木であった

おばあちゃんは欅《けやき》に向かって呼びかけた
旦那さん見えるかい
孫のサトシだよ
するとこころなしか木の葉がさやいだ
樹の下では風雨に削られた観音様が
合掌していた

＊　砂（地名）の大欅。

ありがとう

息子が手術で入院中だから
きゅうりの収穫ができない
一日　働いてくれないか
おばあちゃんは　川向こうに住む
初老にさしかかった人のよい男
シマさんにそう言って頼んできた

見渡す限りの畑作地の中
シマさんは　炎天下

きゅうり取りの仕事をし
夕方　リヤカーを曳《ひ》いてもどってきた

大変な仕事をどうもありがとうございました
おばあちゃんは　そう言って
タオルと水を渡した
そして　あらかじめ作っておいた
ちらし寿司を食べてもらおうと
お勝手の真ん中に席を用意し
山盛り二杯よそった

あの日の親切が
ぼくの記憶にささり
「してくれてありがとう」の言葉を大切に

世の中を歩んできたことを
還暦を過ぎた今
しみじみ　実感している

海

庭で土を掘って遊んでいる少年を
ある日　製鉄所で働く叔父が
連れ出しにきた

顔をくしゃくしゃにし
食堂の五十円ラーメンで腹ごしらえさせ
電車にのせた

ほら東京タワーが見えてきたぞ
指さした

駅に着くと　河口部へ行き
言った
サトシ　海を見るのは初めてだろう

袖が鼻汁で　てかてかしたジャンパー
風が吹いていた
少年は　訊《き》いた
川の大きいのが海なの

すると
この辺りは　川も海も同じだよ

少年は　大海原をまだ知らない

サイロの経歴

家の横にサイロが立っている
覗《のぞ》きこむと異臭がした
ある日　叔母に
サイロどうしてあるの
思いきって訊《き》いてみた
すると　ニコニコして打ちあけてくれた
兄さんが豚を飼うために作ったんだよ
でも　兄さんが育てた豚はやせこけていて
いつも兄さんのあとを

トコトコ追いかけていたんだよ

豚がやせこけていたのは
餌《えさ》やりが　めんどうくさかったのか
太らせて出荷するのは
かわいそうと思ったのか
どちらかだったろう
なにしろ　おやじの仲好しが遊びにくると
茶をすすりながら　いつのまにか
「然《しか》るに」だとか「つまり」などと
空中に人差し指で　字を書いていたし
家族総出で　草むしりに行くと
めんどうくさそうにぬいていたのだから
豚をかわいそうだと思った可能性があるのは

蜜蜂の飼育を通して
動物の命について考えていただろうから

ともかくサイロを作った
好角家であるから
小兵横綱若乃花の
豪快な相撲に励まされたのか
はたまた　息子の誕生に気をよくしたのか
新たなことに挑戦しようとしたのだ
豚が中で暮らせるよう　地面を掘り
コンクリートを流しこみ　鏝《こて》でならした
周囲も直径数メートルの円柱にかたどった
今もなお　サイロは

北側の三本のあすなろの木を背に立ち
中に枯れ葉が　降り積もっている
いつのまにか
蜜蜂が舞い降り
枯れ葉の上の
水を飲んでいる
木木の隙間をすりぬけ
天高く舞い上がっている

影法師

稲光
雷鳴
ガラスに打ちつける雨
自動車内で流れる怨霊の声

八王子を越え
叔父が暮らしていた町田市へ入る
虹がかかり
ラジオから聞こえていた

能役者の声もやんでいた
怒りがとけ
出迎えてくれたのだ

丘の天辺まで
歩いて登った
墓前で無沙汰をわびる
すると　ドイツ名作文学を買ってもらった
少年の日のことがよみがえってきた

グリム童話の古い石畳の街
カッセル
墓参りから二週間後
空の安全を見守られ

グリム兄弟が歩いた路へといざなわれたのだ
ふりかえると
二人が連れ立って歩いている
のびた影法師

M先生へ

英文学の講義を受けているとき
先生の顔をこっそり　奪い描いて
絵心をつかんだと　おっしゃっていましたが
西脇順三郎先生のことだったのでしょうか
西脇先生から　教わらない絵を習い
ドイツ演劇の研究のため
演技者の動きをスケッチしたのでしょうか

教員になられてからは

アルピニストの足どりで
幻の門をくぐり
笑顔満面　第一声を発し
講義のつかみで　多くの女子学生から
クスッという笑いをお奪いになり
《生くべきか　死ぬべきか》の名台詞を
英語　ドイツ語　日本語の順で演技なさる
一斉に　呼吸がとまる
先生は一呼吸置いてから話された

ゲーテ　シラーが活躍した
ドイツ文学の青春時代は
シェークスピアが起爆剤になったのです

Ⅲ

自問

すべてが休耕田なら
草の実がこぼれてもお互い様なのだが
このままでは
周囲の耕作者に気をもませる
耕作を依頼するか
みずから耕作するしかない
そこで　ぼくは
もの笑いの種になっても
十年計画で　荒れた田の

一アールから田を起こし
手で植えてみようか
おふくろの前でもぐもぐ言う
親の代のとき
やれ　機械は大型トラックで運べ
やれ　籾摺《もみす》りは壁にほこりがつくからこまる
都会化ゆえの無言の苦情が聞こえていた
それに　田植え機　稲刈り機　乾燥機
すべて回収業者に渡してしまっている
やめておけ
親にくっついてやってきたわけじゃないし
ぼくの体を心配するおふくろが
苦笑いして　言う

屋敷林の伐採

木を切るのはむかしから
冬至前の一週間ということになっているんだ
そのころなら　農事もすべておわり
神様も遠くに行ってしまっているからな
おやじは家を建てたいという　ぼくの願いに
風を読み　ノコギリを出して言った

地べたに腰をおろし
木が隣の家にも

自分の軀《からだ》にもふりかからぬよう
刃の向きを計算し
樹肌にノコギリを押しあて
一定のリズムで引く
軀がほてり　精がきれる
若いころ　きこりから聞きかじったという
あせびという言葉を　ほんのり響かせ
あせびがあくと　切るのが楽になると言った
そして　しばらくノコギリを引きつづけた
木は風をうけ　ミシミシ音を立てる
まもなく　ドスン

どれだけ木は痛かったことだろう

ひぐらしの声がこだまし
どんぐりが落ちた屋敷林
農事に使う竹が育ち
下草にはスミレやオニユリが咲いた

その屋敷林はもう消えてしまった

ただ　庭には曽祖父が植えたもみじが残り
老いてなお　枝を張り
染めた葉で　季節の移ろいを知らせ
家族を温かく　見守ってくれている

稲刈り

稲作を止めると言っていたが
今年も最新種を取り寄せた
八十歳をこえたおやじ
休耕田に囲まれた田で
稲刈り機を黙黙と運転し
ヒエの混ざった籾《もみ》を
次次と三十キロ入りの袋に詰める
ぼくは草で境の見えない畦道《あぜみち》に
軽トラで乗り付ける

じゃあ　頼みだい
この言葉に
籾《もみ》を荷台に引きずり込んだ
以前は　息子の手などあてにしていなかったのだが

作業が終わると
うちで飯を食っていけと言う
うーん　と返事した
二人で帰路につこうとする

振り返ると
太陽は
人気のない
荒れ田を照らしていた

台風

籾《もみ》を乾燥機の中からザルですくう
籾摺《もみす》り機に入れる
殻が風に飛ばされ　玄米となって
紙袋にザーザー落ちる
袋を閉じ木小屋の土間に積みあげる
にわかに雲行きがあやしくなり
風が出てきた

作業を気にかけていたぼくに

「手伝って」おふくろから声がかかった
米袋に雨がかからぬよう
貯蔵庫に運びこむ
その最中　おやじが　ふとつぶやく
「数年前なら俺一人で大丈夫だったのにな」
それに引き続いて
乾燥機用のパネルを解体
壁に立てかけ
籾摺り機を
小屋の中に引きずり入れる
おやじはシートをかぶせ
紐で縛りつけながら言った
「こんな継ぎはぎだらけの紐でも役に立つんだからな」

この間　おふくろは
土間を掃いていた

トラクターをしまうため
おやじは前畑に入って
トラクターにまたがった
横殴りに降り出した雨に
ワイシャツが濡れ
かつて隆盛だった胸の肉のたるみが透けた

土百姓《どんびゃくしょう》

「お礼にもらったクワイ
作り方も同時に教わり
植えつけると　葉をしげらせた
ほりだしては
弟と築地の市場へ持って行った」

おやじは見沼代用水の流れを見やり
六十年前をふり返るのだった
そしてやおら話をついだ

「数か月間　うなぎのぼりに値段があがった
あがった分を元手にハスを買った」と

クワイとハスを一生涯作りつづけた
若いころ　幾百杯と　肥をかつぎこみ
土を作りながら
骨太の体をも作った

八十歳をこえてもやめなかった

カミツキガメが出てきて
警察に来てもらったり
ねたまれて

放たれた犬に追いかけられ
パチンコ店に逃げこんだこともあった

雄蜂

二百年になんなんとするご神木の樟《くすのき》が
無数の小さな葉を風にゆらしている
ぼくは夢想するのだった
この樹冠の上方なら
日本蜜蜂の雄蜂が集まってきただろう　と

女王蜂が結婚飛行のため通り過ぎる
待ちかまえていた雄蜂たちは
われさきにと追いかけ

命がけで番う
本懐をとげた数匹だけが
大きな怪我を負い　失神して
樹の根元に落下
骸となって　やがては土に還る
もうこれ以上一族の穀潰しにならず
働き蜂にいじめられることもなく

英語ではドローン
のらくら者の烙印を押された雄蜂
あれこれ生きることに
意義付けせずにいられぬ僕と違って
何ともさわやかな男だ

豊穣の秋《とき》

蜜蜂が　身を金色に反射させ
雪国　上州青木沢の
パリッとした
初夏の風わたる
谷間を飛んで行く

川の上方にそそり立つ　栃の木の群生
小枝毎　左右対称に三枚の葉を出し
鮮やかな緑を　大きく広げている

間から　紅色がかった花びらの集合体が
房状に　白くせりあがっている

ブンブン　ブンブン　ブンブン　ブンブン
花の周辺で　羽音が響く
お目当てを見つける
鼻を突っ込む
口吻で静かに蜜を吸い上げる
別の花　花　へと移り
腹を一杯にする
その間　蜜を受け取ったお礼に
無数の愛の仲立ち役を果たしてきた

蜂は千尋の谷を　風に押し流されても

羽を羽ばたかせ　谷間を縫って戻ってくる
すでに　早朝から幾十回往復したことだろう
夜も　休む暇なく羽を震わせ
蜜の水分を飛ばす
すべては　群《む》れの繁栄のため
やがて金色の透明な蜜が溢れ出るのだった

ぼくは還ってきた一羽のカモメ

オリンピックを機に
埋立地に槌音が鳴り響き
広い道路が生まれている

生活の匂いの築地市場は取り払われ
カモメも　飛ばず
浜が海原を見つめているだけ

ぼくは波打ちぎわの沙《すな》

否　おやじとおじの目を
わがものとし
壊し　一歩進めるため
還ってきた一羽のカモメ

上空を旋回する

お　ふたりの青年が
ごわごわのズボンにジャンパー姿で
重心を下げ　風呂敷包みをかつぎ
目を輝かせ　人波をかいくぐって
入ってきている

お　おお　荷を降ろし

前掛け姿の関係者たちの前で
クワイを並べている
そして　おお
まぶしそうにぼくの方を見上げ
胸に大気を吸いこんでいる

変身

蜜蜂は　完全変態動物
働き蜂は
卵　　三日
幼虫　六日
さなぎ　十二日
成虫になるまでに合計二十一日
夏季の働き蜂は寿命二ヶ月
冬季の働き蜂は寿命六ヶ月

人間は完成形で生まれ
這う
立つ
歩く　と
地球上の進化の過程を一年で終える
その後
学習
自立
労働
晩年
節目ごとに大きく飛躍しながら
じっくり熟成されていく

望むらくは　ぼくも

詩作の業において　蜜蜂のように
生成と発展を交互に繰り返す変身の実現を

あとがきに代えて

還暦まで勤めに出ていましたが、専業農家に生まれたので、体の中には先祖から受け継いできた農のある生活がしみこんでいます。詩を書こうとするとき思い浮かぶものは、どういうわけか幼い日にわたしが育った環境にあったもの、あるいは父母の働く姿でした。

晩年の父の姿をよく見ておくようにと助言してくれたのは、高橋次夫氏でした。父が発した言葉がどういう背景から出てきた言葉なのか発見したり、想像したりしたとき、詩が生まれることがよくありました。

北畑光男氏には詩作の技術面でご助言をいただきました。おかげで表現する領域を広げることができました。

詩を書き始めて間もないころ親戚に送った幾つかの作品を、生前の父は見せてもらってこっそり読んでいました。そして、「智の書く詩は子供が書いたような詩だな」と言いながらも、喜んでくれました。

作品を集めてみると、昨年出した第一詩集『スペード・ブラデオス』と同様に、わたしを育んでくれた都会化する以前の地域や、わたしを育ててくれた人たちへの手向けの作品となりました。

また、親ばかならぬ子ばかを露呈する恥ずかしい作品ではありますが、身近な人たちに知っておいてほしいことなので、次の一篇をここにおさめます。

分封群《ぐん》の魂

「分封群は分家身上と同じくよく働く」
蜂の入った小さな箱に
巣を作らせる板を入れ
つぶやいた　おやじ

分封群は　ねぐらも
食糧となる蜜も　捨て
飛び出した蜜蜂の群《ぐん》だ
冬が来る前に
巣を作り
蜜を蓄え
産卵しておかねば
集団で　冬が越せない

思春期までを戦前戦中に過ごした
財産によって家の格付けがなされた時代
必死に働かねば生活できなかった
父親を少年の日　過労による病気で失う
小学校高等科卒

戦後の混乱期　農作業をしながら
独学で高校の勉強をした
平和主義へのあこがれと
財産制度を知るため
俵を編みながら
法律学を学んだ

豊かな時代になり
貧しさから逃れられても
質素な生活に徹し
充分な休息以外は
遊ぶ暇なく農作業と
地元への恩返しで働いた人生だった
今年　おやじの七回忌

この第二詩集は詩作を始めた五十歳のころから現在までの、ほぼ十五年間に書いたものを集めました。この間に、同人誌「晨」で、清水榮一氏のもとに集った同人たち、それに大宮詩人会へと誘ってくれた金井節子氏には励ましをいただきました。

編集にあたっては、社主の高木祐子氏には貴重なご提言をいただきましたが、過程で生じた狐疑逡巡につきあわせてしまうことになり、ご心労をおかけしました。直井和夫氏には第一詩集のときと同様、今回も素敵な装幀をしていただきました。おかげさまで第二詩集がなり、ここに両氏にあつくお礼申し上げます。

二〇二四年十月

金子　智

＊　この詩集の最初の三作品は第六十三回農民文学賞を受賞したときの作品に含まれるものですが、一部手を加えてあります。

著者略歴

金子　智（かねこ・さとし）

1958年　埼玉県さいたま市生まれ

2019年　私家版詩集『源スペード・ブラデオス』第63回農民文学賞
2023年　詩集『スペード・ブラデオス』（土曜美術社出版販売）
2024年　訳書　ゲーテ『美しき魂の告白』（私家版）
　　　　詩集『かけがえのない一刻』（土曜美術社出版販売）

所属　日本現代詩人会、日本農民文学会、埼玉詩人会、大宮詩人会、
　　　「三田文学」、詩誌「晨」同人、日本ヘルダー学会

詩集　かけがえのない一刻《いっこく》

発行　二〇二四年十二月二十五日

著者　金子　智
装幀　直井和夫
発行者　高木祐子
発行所　土曜美術社出版販売
〒162-0813　東京都新宿区東五軒町三―一〇
電話　〇三―五二二九―〇七三〇
ＦＡＸ　〇三―五二二九―〇七三二
振替　〇〇一六〇―九―七五六九〇九
ＤＴＰ　直井デザイン室
印刷・製本　モリモト印刷
ISBN978-4-8120-2879-7　C0092